KB007344

루미시초

내가 당신이라고 말하라

RUMI
루미시초

내가 당신이라고 말하라

마울라나 젤랄렛딘 루미 지음 / 이현주 옮김

늘봄

| 차 례 |

2장 모든 것을 사랑에 걸어라

3장 사랑의 길

4장 앞에 아무것도 없다

역자 해설

1장

내가 당신이라고 말하라

그대의 춤

그대 빛에서 사랑하는 법을 익히고
그대 아름다움에서 시를 짓는 법을 배운다

아무도 그대를 보지 못하는
내 가슴속에 숨어 추는 그대의 춤을

나는 가끔 들여다보고, 그것은
이렇게 나의 노래가 된다

내가 당신이라고 말하라

나는 햇빛에 비추이는 티끌
나는 둥근 해

티끌에게는 가만있으라고
해한테는 움직이라고, 말한다

나는 아침 안개 그리고
저녁 숨결

작은 숲 위로 부는 바람, 벼랑에
부딪치는 파도

돛, 키, 키잡이 그리고 용골龍骨
나는 또한 그것들이 좌초한 산호초

길들여진 앵무새가 앉아있는 나무,
침묵, 생각 그리고 목소리

젓대를 울리는 음률,
부싯돌의 불똥, 쇠붙이의 반짝임

촛불 그리고
그 둘레를 미쳐 맴도는 나방

나는 장미
장미향에 취한 꾀꼬리

모든 존재의 질서, 돌아가는 은하계
진화하는 지성

상승 그리고 추락. 있는 것,
있지 않은 것. 당신

엘라루딘을 알고 있는 모든 것의
하나인 당신이여, 내가 누군지

말하라, 내가
당신이라고
말하라

*젓대 : 대금(피리)

영의 마을

영의 마을이 있다
합류하라, 그 수선스런 거리를 걷는
즐거움을 맛보아라, 그리고
수선스러움이 되어라

네 모든 열정을 삼켜라
망신을 당해도 좋다

다른 눈으로 보기 위하여
두 눈을 감아라

이 둥근 고리 안에
들어앉아라

늑대같이 굴기를 멈추고, 네 몸 가득 채워져 있는
목자의 사랑을 느껴라
밤이면, 너의 연인이 헤매고 다닌다

위로 따위 받지 말아라

음식에 입 대지 말고, 네 입안에 있는
연인의 입술을 맛보아라

"그가 나를 떠나버렸다."면서 울부짖지 말아라
스무 배도 넘게 돌아온다

근심 걱정 모두 비우고
누가 생각을 창조했는지, 그것을 생각하라

저렇게 문이 활짝 열려 있는데
어째서 감옥에 머물러 있는가?

두려운 생각의 소용돌이를 벗어나와
침묵 속에 살아라

아래로, 언제나 아래로 흘러

존재의 폭을 넓혀 나가라

여인숙

인생은 여인숙
날마다 새 손님을 맞는다

기쁨, 낙심, 무료함
찰나에 있다가 사라지는 깨달음들이
예약도 없이 찾아온다

그들 모두를 환영하고 잘 대접하라
그들이 비록 네 집을 거칠게 휩쓸어
방 안에 아무것도 남겨두지 않는
슬픔의 무리라 해도, 조용히
정중하게, 그들 각자를 손님으로 모셔라
그가 너를 말끔히 닦아
새 빛을 받아들이게 할 것이다

어두운 생각, 수치와 악의가
찾아오거든 문간에서 웃으며

맞아들여라

누가 오든지 고맙게 여겨라
그들 모두 저 너머에서 보내어진
안내원들이니

이것

우리가 지금 가지고 있는 이것은
상상이 아니다

슬픔도 아니고
기쁨도 아니다

심판도 아니고
고문도 침통도 아니다

그런 것들은 오고
가지만

이것은 오지도 가지도 않는
현존

지금은 새벽이다. 후삼이여
여기 산호의 눈부신 빛 속에

이 친구 속에
할라지가 말씀하신 단순한 진리가 있다

사람이 다른 무엇을 바랄 것인가?
포도알들이 포도주로 몸을 바꿀 때
그들은
이것을 바라고 있다

벌들이 벌집을 만들 듯
지금 우리가 세포 한 알 한 알로
몸을 만들고 있는
이것

인간의 몸과 우주가
이것에서 생겨났다. 이것이
인간의 몸과 우주에서 생겨난 게 아니다

풀잎

나무뿌리를 뽑는 같은 바람이
풀잎을 빛나게 한다

왕처럼 당당한 바람은 풀잎들의
유약과 겸비를 사랑한다
강한 것을 강하게 보는 일은 없다

도끼는 나뭇가지가 아무리 굵어도 걱정하지 않는다
그것들을 가늘게 쪼갠다. 그러나 이파리는,
이파리는 이파리로 남겨둔다

불꽃은 장작더미가 아무리 커도 계산하지 않는다
백정은 양떼를 피해 도망치지 않는다

실재 앞에서 형태란 무엇인가?
너무나도 하찮은 물건이다. 실재는 하늘을
컵처럼 엎어놓고 회전시킨다

누가 하늘 바퀴를 돌리고 있는가? 우주의
지성!

육신의 동작은
흐르는 물에 돌아가는 물레방아처럼
영에서 온다
들숨날숨 또한 일어섰다 앉았다
하며 영에서 온다
바람이 부수고 바람이 지켜준다

두 손 들어 항복한 족장은 말한다
"신 말고 다른 실재가 없다."
그는 모든 존재의 바다다

저 큰 바다에서, 천지창조란 몇 가닥 지푸라기다
바다의 숨결에 밀려 움직이는 지푸라기들,
그것들이 조용해지기를 바라면, 바다는

지푸라기들을 기슭으로 보낸다. 다시 그것들이
깊은 물너울 속으로 돌아오기를 바라면
바람이 풀잎에게 하듯이
그렇게 한다. 끝없이, 되풀이한다

내 혀처럼 생긴

내 속 거울에 비친 저것이 무엇인지
말할 수 없다. 그러나 모를 수도 없다!

나는 육에서 도망친다. 영에서 도망친다
어디에도 나는 속하지 않는다

나는 살아있지 않다
그대 썩는 냄새를 맡는가?

그대는 나의 광기에 대하여 말한다. 오히려
내가 말하는, 숫돌로 날 세운 제정신에 귀 기울여라

수도승의 헐렁한 옷 위에 얹혀 있는 조롱박 머리
이 모습이 그대 알고 있는 누구처럼 보이는가?

이 조롱박에는, 땅바닥에 넘어져도
엎질러지지 않는 액체가 가득 차 있다

혹 엎질러진다 해도, 신의 품 안에 방울져 떨어지고
진주알 속으로 둥글게 맴돈다

나는 저 바다 위로 구름을 만들고
그리고 소나기를 모은다

샴이 이곳에 있을 때
비로 내린다

하루나 이틀쯤 뒤, 내 혀처럼 생긴
백합 싹들이 돋아난다

모든 강에서 동시에 흐르는

활시위를 풀지 마라
나는 아직까지 사용된 적 없는
깃털이 네 개나 달린 화살이다

'어쩌면' 또는 '아마도' 따위
허공이 흩어지는 소리가 아니라
쌍날칼처럼 단단한 언어다

나는 어둠을 베어버리는 햇빛이다
누가 이 밤을 만들었는가? 진흙탕 속으로
천천히 빠져드는 바닥을 누가 만들었는가?

육신이란 무엇인가?
고마움

무엇이 우리 가슴에 숨어 있는가?
웃음

그리고 또 무엇?
동정

사랑하는 이로 하여금 내 머리에 꾹 눌러 씌워진
모자가 되게 하라. 아니면,
내 가슴을 옥죄이는 가슴 띠가 되게 하라

누군가 묻는다. 사랑에 어찌 손발이 있으랴?
사랑은 손발을 싹틔우는 묘상苗床이다
너의 어머니와 아버지가 사랑놀이를 하였고
그래서 네가 생겨난 것이다

사랑이 무엇을 만들거나 할 수 있느냐고 묻지 마라
세상의 빛깔을 보라

모든 강에서 동시에 흐르는 강물과
삶의 얼굴로 돌아가는 진실을 보라

깃발은 아니다

내 말言을 사줄 사람을 찾곤 했지
이제는 누가 나를 말로부터 사주었으면 하네

숱한 아이콘의 단골 주인공 아브라함과
그의 부친 아자르가 등장하는 무대, 그리고
매력 넘치는 우상들을 그동안 만들었는데
이제 그런 일들에 지쳐버렸어

마침 모양 없는 우상 하나가 왔고
나는 일손을 놓았지

가게 돌볼 사람을 찾아주시게
우상 제조업을 그만두겠네

드디어 나는 광기의 자유를
알아버렸어
돼먹지 못한 우상 하나가 다가오기에

"꺼져버려!"
소리 지르니 산산이 부서지는군

오직 사랑!
깃대 꽂을 바탕과 바람뿐
깃발은 아닐세!

숨

기독교인도 유대교인도 힌두교인도
불자도 수피도 선승도 아니다. 어떤 종교도
문화도 아니다. 동에서도 서에서도
오지 않았다. 바다에서 나오지도 땅에서
솟아나지도 않았다. 자연의 것도 천상의 것도
아니다. 어떤 요소들로 이루어진 것도 아니다. 나는
존재하지 않는다. 이 세상의 실재도 저 세상의
실재도 아니다. 아담과 하와의 후예도 아니고 다른 무슨
창세 이야기 주인공도 아니다. 아무데도 아닌 곳이
내가 있는 곳이요, 육도 영도 아닌, 자취 없는
발자국이다. 사랑하는 이에게 나는 속해 있다. 그이는
두 세계가 하나임을 알고 그 하나를 이름하여
처음이면서 나중이요 안이면서 밖이요 사람 몸으로
들이쉬고 내쉬는, 숨이라 부른다

*수피 : 이슬람 수도승

겸허한 삶

겸허한 삶은 사라지지 않는다
늘 충만하다
소박한 자아로 돌아가 지혜를 준다

아버지가 자식을 위해 이야기를 만들 때, 그는
동시에 아버지와 자식이 되어
자기 이야기에 귀를 기울인다

누가 내 입으로 말하는 것일까?

온종일 생각하고 밤에 말한다
나는 어디서 왔으며 무엇하러 왔는가?
모르겠어라
어디선가 내 혼은 왔다. 그건 틀림없어
모든 것을 거기서 마칠 참이다

다른 어느 주막에서 이 술주정은 시작되었다
그리로 돌아갈 때, 나는
맑은 정신으로 깨어 있겠지. 그동안에는
먼 대륙에서 온 새처럼 낯선 새장에 앉아 있어야 한다
내가 날아오를 그날이 오고 있구나. 그런데
누가 내 귀로 내 목소리를 듣는 것일까?
누가 내 입으로 말하는 것일까?

누가 내 눈으로 보는 것일까?
혼이란 무엇인가?
묻지 않을 수 없구나

내 만일 그 대답의 한 모금만이라도 마시게 된다면
주정뱅이 감옥을 부수고 나갈 터인데
이곳에 오려고 온 게 아니다. 오지 않을 수 없었다
나를 이리로 데려온 이가
다시 나를 집으로 데려다 주겠지

가로막힌 길

당신이 바라시는 게 무엇인지 알고 싶습니다
당신은 내 길을 가로막고 나를 쉬지도 못하게 하십니다
내 손길을 잡아 이리 당기고 또 저리 당깁니다
당신은 참으로 냉정하십니다. 내 사랑!
내 말을 듣고 계십니까?

오늘밤 이야기는 끝날 것 같지 않습니다
어째서 나는 아직도 당신 앞에서 이렇게
망설이고 쭈뼛거리는 것입니까?
당신은 천만千萬이요, 당신은 하나입니다
고요하면서 그러나 발음이 아주 분명합니다

당신 이름은 봄
당신 이름은 포도주
당신 이름은
포도주에서 오는 욕지기!
당신은 나의 의혹이요

내 눈의
시력입니다

당신은 모든 형상입니다. 그런데 아직도 나는
당신을 향한 그리움입니다

내가 그곳에 닿을 수 있을까요?
사슴이 사자와 뒹굴고
내가 따라가는 이가 나를 따라오는 그곳에

나의 북과 말言들이 계속 둥둥거립니다
이것들로 하여금 제 덮개를 찢어 뚫고
침묵 속으로 가라앉게 하십시오

시 안에 계신 분들

시 안에 계신 분들의
말씀을 들어라
그분들로 하여금 원하는 곳으로
그대를 데려가게 하여라

그 은밀한 암시를 따라라
아무 전제 남기지 말고

북소리

허공에 울리는 북소리
내 심장의 고동소리

둥둥둥 울리는 그 소리에 묻혀
한 음성 들리네
"네가 고단한 줄 알고 있다.
그래도 오라. 이것이 그 길이다."

바뀔 수 있다

푸짐하게 디저트를 내오면, 배가 불러도
물리는 일이 거의 없다
남들이 곁에 있을 때에는 경건하게 예배드린다
몇 시간씩 앉아도 있다. 그러나
혼자서 기도할 때면 잠시 허리 숙였다가
잽싸게 일어난다. 일어나는 길로
비어 있는 식도를 채우러 달려간다

그러나, 이런 품성이 바뀔 수 있다!
땅속 물이 뿌리 타고 올라가 나무가 되고
풀잎이 짐승 만나 짐승 되듯이
사람 또한 무거운 육신 배낭 내려놓고
빛으로 될 수 있는 것이다

젓대소리

날마다 밤마다 음악
고요함 그리고 맑은
젓대소리, 그것들이
사라지면
우리도
사라지느니

스승

어젯밤 스승은 내게
가진 것도 없고 바랄 것도 없는
청빈의 교훈을 가르치셨다

루비 캐는 광산에 붉은 비단 걸치고
서 있는 나는 벌거숭이
반짝이는 별들을 빨아들이며
내 안에서 끝없이 출렁거리는 바다를 본다
사랑스럽고 조용한 사람들의 원圓이
내 손가락에 반지로 되고

그러자 바람 불며 번갯불 속에
길 위로 비가 내린다
나에게는 그런 스승이 계시다

사랑 도살장

사랑 도살장에서, 그들은
약하거나 불구인 놈은 말고
가장 잘생긴 놈만 죽인다

이 죽음에서 달아나지 말아라
사랑으로 인하여 죽임을 당하지 않는 자, 죄다
죽은 살코기다

그만큼

자네는, 내가 무엇을 하고 있는지
스스로 안다고 생각하시는가?
숨 한 번 들이쉬고 반 번 내쉬는 동안이라도
내가 나 자신에게 속해 있다고 보시는가?
그렇지, 붓대가 무엇을 쓰고 있는지
스스로 아는 만큼, 또는
공이 어디로 튈는지 스스로 아는 만큼,
그만큼은 알고 있겠지

2장

모든 것을 사랑에 걸어라

그늘과 빛

세계의 일부가 어찌 세계를 떠날 수 있으랴?
어떻게, 습기가 물을 떠날 수 있으랴?

불을 던져서
불을 끄려고 하지 말아라
피로 상처를 씻지 말아라

아무리 빠르게 달려도
그림자를 따돌릴 수 없으려니와
때로는 그림자가 앞장을 서기도 한다!

오직 머리 위 둥근 해만이
네 그늘을 지워버린다

그러나 바로 그 어두운 그늘이 너를 섬기느니!
너에게 상처를 주는 것이 너에게 복을 준다
어둠이 너의 촛불이요

울타리는 너의 진보다

내가 이것을 설명할 수 있지만, 그렇게 하면
그것이 네 심장을 덮고 있는 유리를 깨뜨릴 것이다
게다가 아무도 깨어진 유리를 고쳐놓지 못한다

너는 그늘과 빛을 함께 지녀야 한다
들어라. 그리고 외경畏敬의 나무 아래 고개를 숙여라
그 나무에서 깃털과 날개들이 너를 향해
날아 내릴 때, 비둘기보다 더 조용하여라
구우우우 하고 소리 낼 때에도 입을 열지 말아라

뱀은 물속에 잠긴 개구리를
잡지 못한다. 개구리가 기어나와 개굴거리면
그때 뱀이 개구리에게 다가간다
개구리가 비록 쉬잇 하고 숨죽일 줄 알아도
바로 그 쉬잇 소리에서 뱀은 개구리에 관하여

필요한 정보를 얻는다

그러나 만일 개구리가 완벽하게 침묵한다면
뱀은 잠을 자러 돌아갈 것이고
개구리는 드디어 콩밭에 이를 것이다

그 소리 없는 호흡 속에 영이 산다

그리고 또한 콩이라는 물건도
땅속에 묻혀서야
자라난다

이만하면 할 말 다하지 않았을까?
여기서 무슨 즙을 더 짜내야 하겠는가?
친구여, 나는 누군가?

말도 안 되는 소리

내가 서 있다. 하나인 내가
수백의 나 속에 돌고 있다
사람들은 내가 그대 둘레를 돌고 있다고 한다
말도 안 되는 소리
나는 내 둘레를 돌고 있는 것이다

새들의 노래

새들의 노래가 목마른 나의 갈망에
잠시 휴식을 안겨준다

나 또한 저들처럼 이토록 황홀한데
그런데, 말이 나오지 않는구나!

오, 우주의 영혼이여
제발 나를 통해서 무슨 노래든지 불러다오

공

나 말고 모든 이들과 함께 있을 때, 너는
아무하고도 함께 있는 게 아니다
나 말고 아무하고도 함께 있지 않을 때, 너는
모든 이와 함께 있는 것이다

모든 이에게 묶여 있는 대신
모든 이가 되라. 그렇게
군중으로 될 때, 너는
아무것도 아니다. 공空이다

초

남김없이 불꽃으로 타서 없어지려고
초는 태어났지
전멸의 순간에 그림자도 없네

다만, 여기서는 안전하다고
말하는 빛의 혀舌, 그것일 따름

온갖 자긍과 수치
덕과 패륜

그런 것들로부터 마침내 자유로워진
어떤 사람처럼, 방금
마지막 불꽃 꺼트린 이 촛대를 보라

용서받을 어리석음

네가 만일, 보이는 무엇이 줄 수 있는 것을 바란다면
너는 종업원이다

네가 만일, 보이지 않는 세계를 바란다면
진실을 살고 있지 않는 것이다

두 소원 모두 어리석다. 그러나
네가 참으로 바라는 것이
사랑의 말 못할 기쁨이라는 사실을
스스로 잊은 것이니, 용서는 받을 것이다

설탕 녹이는 자

설탕 녹이는 자여, 나를 녹여다오
지금이 그때라면
가벼운 손길 하나 또는 눈길 하나로
부드럽게 녹여다오
아침마다 새벽에 나는 기다린다. 전에도
그 시간에 그런 일이 있었다
아니면, 사형집행처럼 갑작스레 녹여다오
내 어찌 죽음을 준비하고 앉아만 있겠는가?

너는 불꽃처럼 몸 없이 숨을 쉰다
너는 슬픔에 젖고, 나는 가벼워진다
네가 팔로 안아 나를 떠나보내지만
그 떠나보냄이 나를 안으로 끌어당긴다

머리카락

안으로 여무는 빛의 씨알이 있다
그대 스스로 그것을 채워라
아니면, 죽는다

그대 머리 한 올! 그 곱슬한 기운에
나는 넋을 빼앗겼다. 이토록
고요하고 예민한 미치광이가 어디 있으랴!

중심

그 친구 내 몸에 들어와
중심을 찾더니
찾지 못하매, 단도를 뽑아
아무데나 마구 찌르고 있다네

서로 안에

사랑에 처음 눈뜨던 순간
나는 그대를 찾기 시작했다. 그것이
얼마나 눈먼 짓인지 모르고서

사랑하는 이들은 끝내 어디서도 만나지 않는다
늘 서로 안에 있으므로

고요

이 새로운 사랑 안으로, 죽어라
네 길이 저편에서 시작된다
푸른 하늘이 되어라
감옥 담장을 도끼로 부숴라
도망쳐라
갑자기 색色을 입고 태어난 사람처럼
걸어 나가라, 지금 곧 하라
너는 두터운 구름에 덮여 있다
옆으로 비껴 벗어나라, 죽어라
그리고 고요하라. 고요는
네가 죽었다는 분명한 표식
낡은 너의 인생은 침묵에서 뛰쳐나온
미친 듯한 질주였다

이제 곧 말 없이 소리 없이
보름달 뜨느니

모든 사람 속에

이 음식 부스러기는 먹을 수 없고
이 지혜 조각은 찾는다 해서 찾아지지 않는다

모든 사람 속에
가브리엘 천사라 해도 알려고 해서는
알 수 없는, 중심이 있다

우리 사이

벗이여, 우리 사이는 이런 것이다
그대 걸어가는 곳마다
발밑 단단함에서 나를 느낀다

내가 그대의 세상을 보면서
그대는 보지 못하는
이 사랑은 도대체 어쩔 것인가?

모든 것을 사랑에 걸어라

그대 진정 사람이라면
모든 것을 사랑에 걸어라

아니거든, 이 무리를
떠나라

반쪽 마음 가지고는
어전御前에 들지 못한다
신을 찾겠다고 나선 몸이
언제까지 지저분한 주막에 머물러
그렇게 노닥거리고 있을 참인가?

절름발이 염소

너는 보았다. 샘터 아래로
내려가는 염소떼
꿈꾸는 듯한 절름발이 염소가
꽁무니를 따라간다

걱정스레 그를 바라보던 눈길이
웃고 있음은

무리가 돌아서자, 보라, 그가
저들을 이끌고 있기 때문이다

앎에도 여러 종류가 있으니
절름발이 염소는
뿌리로 돌아가는 가지와 같다

절름발이 염소한테 배우라, 그리하여
무리를 집으로 인도하라

꾀꼬리

새들의 대표가 솔로몬에게 불평하기를
"한 번도 꾀꼬리를 심판하지 않는 이유가 무엇입니까?"

꾀꼬리가 솔로몬을 위하여 변명하는데
"길이 다르기 때문이다. 3월 중순부터
6월 중순까지 나는 노래한다. 나머지

아홉 달, 너희들이 짹짹거리는 동안
나는 침묵한다."

모두 사라졌다

모두 사라졌다. 안에도 없고
밖에도 없다. 달도 없고 땅도
없고 하늘도 없다
술잔을 내게 건네지 말아라
네 입에 술을 부어다오
입으로 가는 길조차 잃어버렸다

순경과 술꾼

술꾼은 순경을 겁낸다. 그런데
순경 또한 술꾼이다

마을 사람들이 둘 다 좋아한다, 바둑판의
흰 돌과 검은 돌처럼

그의 눈으로

누가 밖에서 안을 들여다보고 있는가?
생각들이 엉클어진 곳에서
그 많은 신비를 발견하는 자 누군가?

그가 보는 것을 그의 눈으로 보라
과연 누가
그의 눈으로 내다보고 있는 것인가?

문

광기의 입술에 매달려 살아왔다
까닭을 알고 싶어서
문을 두드렸다. 문이 열리자
나는 안에서 두드리고 있었다

3장
사랑의 길

씨앗가게

이런 가게를 본 적 있는가?

장미 한 송이로
장미 농장 수백 개를 살 수 있는 곳

씨앗 하나로
너른 들판을 살 수 있는 곳

가냘픈 숨결로
신성한 바람을 사는 곳

그대는 여태
흙속에 묻힐 것을 또는 바람에
날려갈 것을 두려워했다

자, 그대 물머리 돌려
그것이 온 곳인 바다로

떨어지게 하라

더 이상 무슨 꼴을 갖추지는 못해도
물은 물, 언제나 본질은 같은 것

이렇게 자기를 내어던짐은 뉘우침의
자포자기가 아니다. 자신을 높이
들어올리는 것이다

바다가 연인으로 다가오거든
서둘러 곧장 결혼하라
제발
뒤로 미루지 마라!
이보다 더 좋은 선물이 없다

아무리 찾아 헤맨들, 그것을
발견 못하리니

흠 없는 매 한 마리, 까닭도 없이
그대 어깨에 내려앉아
그대의 새가 되는 것이다

사랑의 비법

살아 있는 것들은 서로
얼굴을 들여다본다
오늘도 그러고들 있다

우리는 사랑의 비법을 지키는가?
이마로 이마에 말하고, 그것을
눈으로 듣는다

그리스도

그리스도는 세계의 인구요
모든 사물이다
위선이 차지할 자리는 없다
달콤한 물이 사방에 흐르는데
구태여 쓴 국물을 마실 까닭이 무엇이랴?

예수

내가 자네를 문밖에서 불렀지
“신비로운 이들이 거리에 모여들고 있다네.
어서 나오게.”

“나는 병든 몸일세.
혼자 있게 내버려 둬.”

“자네가 죽어도 상관 않겠네만
예수님이 여기 계셔. 그분이 시방
누구를 부활시키려 하신다네!”

티그리스의 물

티그리스 강이 있는 줄 모르는 사람이
강 가까이 사는 칼리프에게
신선한 물 한 항아리를 선물했다
칼리프는 물을 받고 감사하면서
빈 항아리에 금을 담아 돌려주었다

칼리프가 신하들에게 말하기를
"이 사람이 사막을 거쳐 왔으니 돌아갈 때
물을 좀 가지고 가야 할 게다."
신하들이 그를 다른 문으로 데리고 나가자
넘실대는 강물 위에 배가 떠 있었다
드넓은 티그리스의 깨끗한 물을 보고 그 사람은
고개를 숙였다. "아, 보잘것없는 나의
선물을 받아주심은 얼마나 놀라운 친절인가?"

우주에 있는 모든 사물이
지혜와 아름다움으로 가득 찬 항아리요

그 어떤 가죽 부대에도 담겨지지 않는
티그리스의 물 한 방울이다
항아리들이 엎질러질 때마다 지구는
비단으로 덮씌우듯 빛이 난다
만약에 그 사람이 티그리스의 한 지류만
보았더라도, 그토록 순진한 선물을
가져오지는 않았으리라

티그리스 강변에 사는 이들은
황홀한 기쁨에 넘쳐
항아리들마다 돌을 던지고
항아리들은 산산이 부서지고
그리하여 항아리들은 마침내 완전해진다!

깨어진 조각들은 춤을 추고 그리고 강물…
그대 눈에 보이는가?
항아리도 없고 물도 없고 돌도 없다. 아무것도

없다

그대는 실체의 문을 두드리고
생각의 날개를 접고 어깨에
힘을 빼고 그리고 드디어 문을 연다

회전

우린 안에 있는 비밀스런 회전이
우주를 돌게 한다

머리는 발에 대하여, 발은 머리에
대하여, 서로 모른다

상관없다. 그들은
계속 돌고 있다

샘을 향해

샘을 향해 걸어라
지구와 달이, 그들이 사랑하는 것을
맴돌 듯이 돌아라
돌아가는 것은 무엇이든
중심에서 온다

밤바다

우리는 섬광으로 가득 찬
밤바다
여기 함께 앉아 있는 동안 우리는
물고기와 달님 사이
의 공간

사랑의 길

사랑의 길은 장황한
토론이 아니다

그리로 들어가는 문은 거칠고
쓸쓸하다

새들은 그들의 자유로
하늘에 커다란 원을 그린다
어떻게 그것을 배웠을까?

그들은 떨어진다, 떨어지고 또 떨어진다
그래서 날개가 주어진 것이다

씨를 묻고 덮어라

너는 노래. 간절히
바라는 노래

귀를 통하여, 하늘이 있고
바람이 불고 말없는
깨우침이 있는, 중심으로 가거라

씨를 묻고 덮어라
네가 네 일을 하는 곳에
새싹이 돋으리니

거울

우리는 거울이자 그 속에 비치는 얼굴
순간의 영원을 맛보고 있다
우리는 고통이자 고통을 치료하는 약
달콤한 생수인 우리는
그것을 퍼내는 항아리

비파

나는 그대를 비파처럼 껴안고 싶다
그리하여 사랑으로 함께 울 수 있기를

그대는 오히려 거울에 돌을 던지고 싶은가?
내가 거울이다, 그리고 여기 돌도 있다

물고기

그대는 바다의 너그러움을 시새우는가?
어째서 그 기쁨을
남에게 주려 하지 않는가?

물고기를, 성스런 물을
잔에 담아 마시지 않는다! 그들은
거대한 액체, 자유를 헤엄친다

태양 루비

이른 새벽 먼동 틀 무렵
잠에서 깨어난 연인들이 물을 마신다

여자가 묻기를, "당신과 나, 둘 중에
누구를 더 사랑하나요? 진실을 말해줘요."

남자가 대답한다. "나에게는
아무것도 남아 있지 않소
떠오르는 태양 앞에 들려진
루비와 같은 게 난데
이것이 둘이요? 아니면 붉은빛으로
이루어진 하나의 세계요?
루비는 햇빛을 거부하지 않는다오."

할라지가 "나는 신이다." 하고
말한 게 바로 이것이다
그리고 그것은 진실을 말한 것이다

루비와 태양은 하나다
용기를 내어 자신을 갈고 닦아라

완전하게 들음이 되고 또 듣는 귀가 되어
태양 루비를 귀고리로 걸어라
일해라. 계속해서 샘을 파라
일을 그만두겠다는 생각 따위 먹지 말아라
어디엔가 물은 있다

하루의 수련에 착실하라
너의 성실이 그 문의 문고리다

계속 두르려라, 안에 있는 기쁨이
어느 순간 창문을 열고
거기 서 있는 너를 내다보리니

독수리처럼

독수리처럼 깎아지른 벼랑에서, 자네
날고 있다고 생각해라
홀로 숲속을 산책하는 호랑이처럼
걷고 있다고 생각해라
배불리 먹고 난 지금
자네는 참으로 당당한 모습이다

꾀꼬리와 공작하고는 오래 있지 말아라
하나는 목소리뿐이고
하나는 색깔뿐이다

동방의 주인님

노예여, 동방의 주인님이
여기 계심을 알아라

나부끼는 먹구름이, 그분의 번갯불을
너에게 비추고 있다!

네 입술의 말은 어림짐작이나
그분은 경험으로 말씀하신다
크게 다르다

나는 작은데

나는 사람들 눈에 띄지도 않을 만큼 작은데
이 큰 사랑이 어떻게 내 몸 안에 있을까?

네 눈을 보아라, 얼마나 작으냐?
그래도 저 큰 하늘을 본다

두레박

어떤 밤은 새벽까지 깨어 있다. 때로
달이 해 뜨기까지 떠 있듯이
어두운 샘에서 물을 길어
환한 데 쏟아 붓는, 두레박이 되어라

대상 없는 사랑

대상 없는 사랑보다 훌륭한 사랑이 없고
목적 없는 일보다 만족스런 일이 없다

그대 만일 잔꾀와 속임수를 버릴 수 있다면
그것이야말로 슬기로운 계교렷다

신선함

춥고 비 내릴 때
그대 더욱 아름답다

쌓이는 눈은 나로 하여금
그대 입술로 더욱 가까이 가게 한다

태어난 적 없는 내면의 비밀
신선함이여. 나 지금 그대 곁에 있다

어떻게 오는지 또는 가는지
나는 설명 못한다. 그대 갑자기

들어오면, 나는 아무데도 없다

4장

앞에 아무것도 없다

잘된 일

포도주가 술통 가득 넘쳐나는데
잔이 없구나
우리에겐 아주 참 잘된 일이다
아침마다 덕분에 달아오르고
저녁에도 벌겋게 달아오른다

그들이 말하기를, 우리에게
장래가 없단다
옳은 말이다
우리에겐 아주 참 잘된 일이다

불면증

내가 그대와 함께 있을 때 우리는 밤을 새웠지
그대가 여기 없는 오늘 나는 잠들지 못하네

이 두 불면증으로 인하여, 그리고
그것들의 서로 다름으로 인하여, 신을 찬양하라!

탁발승

문밖에서 탁발승이
마른 빵이든 젖은 빵이든 상관없으니
조금만 달라고 구걸을 했지
집주인 하는 말이

"여기는 빵집이 아닐세."
"그렇다면 뼈다귀라도 조금 주시겠습니까?"
"여기가 푸줏간인줄 아는가?"
"밀가루라도 한 줌만…."
"방아 찧는 소릴 못 들었네."
"물이라도?"
"여긴 샘이 아닐세."

탁발승이 무엇을 구걸하든 주인은
농담이나 슬슬 내뱉으며 아무것도 주려고 하지 않았네

마침내 탁발승, 집 안으로 뛰어들어

옷자락을 걷어 올리고
똥 누는 자세로 쪼그려 앉았것다

"여보게, 여보게!"

"조용하시게. 이 딱한 양반아! 황폐한 자리는
나그네 고단한 몸 쉬기에 딱 좋은 곳이고
게다가 여기는 살아 있는 것도 없고
살리는 것도 없으니 거름을 좀 줘야겠네."

탁발승이 혼자 묻고 대답하는데

"네가 도대체 무슨 새냐? 귀족 어깨에
앉아 있는 매도 아니고, 만인의 눈을
황홀케 하는 공작도 아니고, 사탕 달라고
종알거리는 앵무새도 아니고, 연인처럼
노래하는 꾀꼬리도 아니고

솔로몬에게 소식 전하는 후투티도 아니고
낭떠러지 벼랑에 집 짓는 황새도 아니고
도대체 무엇이냐, 너는?
알 수 없는 종자로구나

제 물건 지키려 다투고 엉터리
농담이나 뱉고

소유권 따위 아랑곳하지 않는 분
인간들의 거래에서 아무 이익도 챙기려 하지 않는
그분을 네가 잊었구나, 잊고 사는구나."

나의 가장 고약한 버릇

나의 가장 고약한 버릇은 겨울 날씨에 지쳐서
함께 있는 사람을 고문하는 것

당신이 여기 없다면, 아무일 없는 거다
아무래도 나는 명료함이 부족하다
내 말은 뒤틀리고 엉클어졌다

나쁜 물을 어떻게 고칠 것인가? 그 물을
강으로 돌려보내라
나쁜 버릇을 어떻게 고칠 것인가? 나를
당신에게 돌려보내라

소용돌이치는 버릇이 물에 들었거든
바닥을 파서 바다까지 길을 내어라
거기에는, 너무 크게 상처를 입어
아무것도 희망할 수 없는 자들에게만
제공되는 신비스런 약이 있다

희망을 품은 자들이 그것을 알게 되면
경멸당했다고 느낄 것이다

네가 사랑하는 친구를, 할 수 있는 대로
오래오래 바라보아라. 그가
너를 등지고 떠나든 아니면 너에게로
다시 돌아오든, 상관치 말고

이야기

이야기는 그대가 목욕하려고
데워놓은 물과 같다

그것은, 그대 몸과 불 사이에
전해줄 메시지를 지니고 있다
그대 몸과 불을 만나게 하고
그리고, 그대를 깨끗하게 한다!

불도마뱀이나 아브라함처럼
타오르는 불길 속에 앉아 있을 수 있는
그런 사람은 거의 없다. 우리한테는
매개물이 있어야 한다

포만감을 느끼려면
그것을 가져다 줄
빵 덩어리가 있어야 하고
아름다움을 감상하려면

괜찮은 정원을 걷기라도 해야 한다

육신은 그대 안에 있는 밝은
빛을 가리기도 하고
일부 드러내기도 하는
휘장이다

물, 이야기, 몸 그리고 우리의
모든 행위가
감추어져 있는 것을 감추면서
드러내는 매개물이다

그것들을 연구하라. 그리고
어떨 때는 알만하다가 또다시
모르겠는 한 비밀에 의하여
깨끗이 닦여지는 몸을 즐겨라

솔로몬이 시바에게

시바가 보낸 사신에게 솔로몬이 이르기를
"그대를 나의 사신으로 여왕께 돌려보낸다.

가서, 여왕의 금을 내가 거절하는 게
그리함으로써 우리가 무엇을 값지게 여길 것인지

배울 수 있을 터이니, 그것을 받는 것보다 낫다고 아뢰어라.
여왕은 옥좌를 사랑하겠지만, 그러나 그것은

진짜 어전으로 인도하는 문을
들어서지 못하게 가로막을 따름이다.

가서 여왕께 전하여라. 마음으로 올리는 깊은 절이
수많은 제국들보다 달콤한, 바로 그것이 왕국이라고.

홀연 모든 것을 두고 떠난 이브라임처럼
어지럼증 일으키며 방랑의 길에 나서라고.

좁은 우물에서 사물들이 그들의 지난 날을
되돌아본다. 한낱 돌멩이와 쇠붙이가

소꿉놀이하는 아이들에게 사금파리가 그러하듯이
무슨 대단한 보물처럼 여겨지고 있다.

가서 여왕께 말하여라, 바로 그 우물에
요셉이 앉았다가 마침내 새로운 깨달음으로

올라가는 밧줄을 잡았다고. 끝없이 바뀌는
생명의, 연금술이 유일한 진리라고."

이 모양을 네 카펫에 새겨 넣어라

영의 경험이란, 오직 한 남자만
사랑스레 바라보는 정숙한 여인. 그것은,

오리떼 행복하게 헤엄치고
까마귀들 빠져 죽는 거대한 강

자양분과 함께 속쓰림도 주는
음식물이 담겨 있는 식기

선물을 선물하는 보이지 않는 이의 현존이 있어
우리는 그이를 높이 기린다
당신은 물, 우리는 물레방아
당신은 바람, 우리는 모양을 갖추고 날리는 티끌
당신은 영, 우리는 쥐었다 폈다 하는 손바닥
당신은 명쾌함, 우리는 그것을 말하려고 애쓰는 언어
당신은 기쁨, 우리는 갖가지 웃음

우리의 모든 움직임과 소리가 우리의 믿음을
고백한다. 돌아가는 물레방아 돌아가면서
강에 대한 믿음을 보여주듯이
어떤 은유로도 이것을 말할 수는 없지만
그래도 나는 그 아름다움을 가리키지 않을 수 없다

모든 순간 모든 장소가 말한다
"이 모양 네 카펫에 새겨 넣어라!"

신의 겉옷에서 이를 잡고, 신의 구두를
꿰매고 싶어하던 목동처럼
나는 뜨거운 숭배로
내 천막 꼭대기를 하늘에 꽂고 싶다

사랑하는 이가 내려와
집 지키는 개처럼
천막 앞에 앉아 있도록 하자

바다가 출렁거릴 때면
그것을 그냥 귀로 듣지만 말고
내 가슴 속에서 철썩거리게 하자!

앞에 아무것도 없다

사랑하는 사람들은 서로 마주본다고 생각하지만
있는 것은 다만 바라봄 뿐
이 세상을 떠돌면 저 세상을 떠돈다. 두 세상 모두
안으로 투명한 하늘 하나 있을 뿐
여기는 교리도 없고 이단도 없다

예수의 기적은 그 사람 자신이다. 그가 내일에 관하여
말하거나 행한 것이 아니다. 내일을 잊어라
그렇게 할 수 있는 자를 나는 예배해왔다

길 위에서 그대는 뒤돌아보고 싶을지 모른다
아닐 수도 있다. 그러나 만일 그대가
"앞에 아무것도 없다."고 말할 수 있다면
그렇다면, 아무것도 앞에 없을 것이다

팔을 뻗어 그대 옷의 옷감을 두 손으로 잡아라
고통의 치유는 고통 안에 있고

선과 악은 한데 섞여 있으니, 만일 이 둘을
함께 지니지 않는다면 그대는 우리와 소속이 다르다

우리 가운데 하나가 길을 잃어 여기 없을 때
그는 바로 우리 속에 있는 것이다

중국 예술과 희랍 예술

예언자가 말했지. "내가 그들을 보는
같은 빛으로 나를 보는 이들이 있다.
우리의 본질은 하나다.
혈통이나 전통 따위를 따질 것 없이
우리는 같은 생명수를 마시고 있다."

여기, 숨은 비밀을 말해주는 이야기 하나

중국인과 희랍인이
누가 더 훌륭한 예술을 하는지에 관하여
말다툼을 벌였다
왕이 말했다. "그 문제를
논쟁으로 해결해보자."
중국인이 말을 시작했다. 그러나 희랍인은
입을 열지 않고 자리를 떴다
중국인이 제안하기를, 그러면
둘에게 방을 하나씩 주어

누가 더 예술적으로 꾸미는지
알아보기로 하는데, 두 방을
마주보게 하고 가운데를 휘장으로
막자고 했다. 중국인은 왕에게
백 가지 물감과 붓을 청하여
아침마다 와서 벽에 그림을 그렸다.
희랍인은 물감에 손을 대지 않았다
"우리는 그런 것으로 일하지 않는다."
그는 자기 방에 와서
벽을 닦아 광을 내기 시작했다
날마다 닦고 닦아, 마침내
오색에서 무색으로 가는 길이

거기 있다. 그 길은
가지각색으로 바뀌는 구름과 날씨가
해와 달의 티 없는 순진에서 오는 것임을 안다

중국인은 작업을 마치고 너무나도 행복했다
완성의 기쁨에 취해 북을 울렸다
왕이 그의 방에 들어와서는
현란한 색깔과 세밀함에 감탄하였다
그러자 희랍인이 휘장을 걷었다
중국인이 그려놓은 온갖 형상이 그대로
희랍인의 벽에 비치는데, 거기서
빛에 따라 몸을 바꾸며 더욱 아름답게 살아났다

희랍인의 예술이 수피의 길이다
그는 철학에 관한 서적을 연구하지 않는다

자기 삶을 깨끗하게 더욱 깨끗하게 닦을 뿐
바라는 것도 없고 성도 내지 않는다
그 순수로 순간마다
여기서, 별들에서, 허공에서 오는
온갖 형상을 받아 되비친다

그가 그들을 보고 있는 같은 빛으로
그들이 자기를 보고 있듯이
그렇게 그들을 받아들인다

어둠 속 코끼리

인도에서 온 사람들한테 코끼리가 있다는데
여기 사람들은 아직 코끼리를 본 적이 없는지라
캄캄한 밤에 코끼리를 보러 갔겄다.

한 사람씩 어두운 코끼리 방에 들어갔다 나와서는
코끼리가 어떻게 생겼는지 말을 하는데

코를 만져보고 나온 친구 하는 말,
"수도관처럼 생긴 짐승이더군."

귀를 만져본 친구, "쉬지 않고
앞뒤로 풀렁거리는 힘센 부채 같은 짐승이야."

다리를 만져본 친구, "신전 기둥처럼
둥글고 든든하던데?"

굽은 등을 만져본 친구의 말,

"가죽 입힌 왕좌일세."

꽤 현명하다는 친구, 상아를 만져보고는
"크고 둥근 자기磁器 칼이라네."
제 설명에 스스로 우쭐했지.

우리는 겨우 한 부분을 만져보고
전체가 그런 줄 안다.

어둠 속에서 손가락과 손바닥의 느낌만으로
코끼리의 실체를 어찌 알 수 있겠는가?

우리가 만일 저마다 촛불을 들고 갔더라면
그리고 함께 갔더라면
볼 수 있었을 것을.

바람 속의 각다귀들

각다귀 몇 마리 솔로몬을 만나러
풀섶에서 날아왔다네
"오, 솔로몬 대왕님. 당신은 억울한 자들의 옹호자!
작고 보잘것없는 것들에게 정의를 베푸십니다.
우리보다 더 작은 것들이 어디 있겠습니까?
우리야말로 모든 나약한 것들의 볼품없는
견본입지요. 우리를 지켜주십시오."

"누가 너희를 괴롭히느냐?"

"피고는 바람입니다."

"좋다. 너희 각다귀들, 목소리 한번 예쁘구나.
그러나 재판관이 한쪽 말만 들어서는
안 된다는 사실을 알고 있겠지? 그러니
피고의 말도 들어봐야겠다."

"물론입지요."

"동풍을 출두시켜라!"
솔로몬의 말이 떨어지기 무섭게
바람이 달려왔것다

원고인 각다귀들 모두 어찌 되었을까?

하늘 법정에 소송을 건 구도자들의
운명이 그와 같다네. 신이 나타나시는 순간
그들 모두 어떻게 될까?
우선 죽고, 그 다음에 하나가 되지.
바람 속의 각다귀들처럼

처마 밑 비둘기

내 가슴에 손을 묻을 때
그것은 당신 가슴입니다

이제 당신 손이
내 머리를 어루만지십니다!

때로 당신은 나를 당신의 다른 낙타들과 함께
가축 무리에 밀어 넣으십니다
때로 당신은 나를 지휘관으로
군대 앞에 세우십니다. 때로 당신은
권능을 행사하시기 전에 인장-반지를 찍듯
나를 당신 침으로 젖게 하십니다

때론 당신은 나를
단순한 자물통 안에서 돌리십니다

당신의 피를 취하여 정액을 만드십니다

정액을 취하여 동물을 지으십니다
동물을 취하여 지성을 진화시키십니다
생명은 더 높은 생명으로 계속 나아갑니다

피리소리가 처마 밑에서
비둘기를 날려 보내듯, 당신은
나를 부드럽게 몰으십니다

똑같은 노래로
나를 돌아오라 부르십니다

당신은 나를 수많은 여행길에 밀어 넣으시고
그리고 소리 없이 닻을 내리게 하십니다

나는 물입니다. 누군가의 옷자락을
잡아당기는 가시입니다

장엄한 경치 같은 것에는 관심 없습니다
당신의 현존 안에 있기를 바랄 뿐

믿을 만한 것이 없습니다
다만 자신을 더 이상 믿지 않기로 할 때
나는 이미 이 아름다움 안에 들어와 있습니다

나는 당신의 칼날을 보았고
내 방패를 불태웠습니다. 가브리엘처럼
육백 쌍 날개로 날았습니다

그런데 내 몸 여기에 있으니
무엇을 위하여 날개가 필요하겠습니까?

밤낮으로 나는 내 영혼의 진주를 지킵니다
진주처럼 흐르는 바다에서
어느 것이 나의 길인지 잃어버렸습니다

당신을 묘사할 길이 도무지 없습니다
이제 그만 말하려니, 너무나도 가슴이 벅차서
내 작은 동요를
진정시켜야겠습니다

투덜거리는 아이

당신이 하고 싶은 말을 내 입술이 말하지 않거든
뺨을 때려주십시오. 투덜거리는 아이에게 그 아이를
사랑하는 엄마가 그러듯이, 가르쳐주십시오.

목마른 사내 하나 바다에 뛰어들고, 바다는
그의 목구멍에 칼을 꽂습니다.
백합 한 송이, 장미꽃 만발한 둑을 바라보고는
시들어버리고 더 말이 없습니다.

나는 북입니다. 빠른 춤이 시작될 때까지는
한 옆으로 밀쳐두지 마십시오.
이 작은 북소리로 나를 도와주십시오.

요셉은 벌거숭이일 때 가장 아름답지만
그의 웃옷이 당신에게 한 생각을 떠오르게 합니다.
사람의 몸이 당신으로 하여금, 반짝이는
영혼의 바다 물결을 힐끗 바라보게 하듯이.

염하는 자가 와서 내 입을 솜으로 틀어막아도
당신은 나의 죽은-침묵에서 나오는 노래를
여전히 듣게 될 것입니다.

피리

장인 하나 갈대밭에서 갈대 한 줄기
끊어내어 구멍을 뚫고, 사람이라 이름 붙였지

그 뒤로, 그것은 이별의 슬픔을 아프게
노래하고 있었다네. 피리로 살게 한 장인의
솜씨는 까맣게 모르고서

과수원

봄의 과수원으로 오라. 여기에는
별이 있고 포도주가 있고
석류꽃 그늘 아래 달콤한 연인이 있다

그대 만일 오지 않는다면
이 모두 아무것도 아니다
그대 만일 온다면
이 모두 아무것도 아니다

목마른 물줄기

나 그대로 인하여 고단치 않으니
주저 말고 내게 열정 쏟아라

이 모든 장비들은
물병이면서 물을 나르는 자인 나로
말미암아, 많이 지쳤을 터이다

내 속에는 목마르게 찾는 것을
한 번도 흡족하게
찾지 못한, 목마른 물고기가 있다

바다로 가는 길을 나에게 보여다오!
이 반족짜리 용량을,
작은 용기를,

이 모든 환상과 슬픔을,
부수어다오

어젯밤 내 가슴 속 중심에 숨겨진
안뜰에서 솟구쳐 오른
파도에, 내 집을 침몰시켜라

요셉은 달처럼 우물에 빠졌고
기대했던 추수도 바닥나 버렸다
그러나 상관없다

내 묘석 꼭대기에 불이 붙었다
학식도 위업도, 남들에게
존경받는 것도, 나는 바라지 않는다

다만 이 음악과 이 새벽 그리고
내 뺨에 닿는 그대의 따스한 뺨을 바랄 뿐

슬픔의 군대가 소집되지만
나는 그들과 함께 행진하지 않는다

시 한 편 짓고나면, 내 형편이
늘 이렇다

거대한 침묵이 나를 뒤덮고
도대체 나는 어쩌자고 언어를 쓰겠다는
마음을 먹었던지, 의아스럽다

주인을 위하여

육십 년 세월 나는 자주 잊혔다
그러나, 내게로 흐르는 이 물결은 한 순간도
멈추거나 늦추어진 적이 없다
나는 아무 자격이 없다. 오늘 비로소
신비가들이 말하는 나그네가
바로 나인 줄 짐작하겠다

주인을 위하여 이 생음악을
연주한다. 오늘,
모든 것이 주인을 위해서다

고양이와 양고기

남편이 집으로 가져온 것을 몽땅 먹어치우고
그러고는 시치미를 뚝 뗀 아내가 있었지.

집에 오기로 된 손님을 대접하려고
양고기를 샀는데, 그것을 위해 남편은
스무 날이나 노동을 했다네.

그가 집을 비운 사이에 아내는
불고기를 만들어, 포도주 곁들여 먹어치웠것다.

남편이 손님을 모시고 돌아왔을 때, 아내 하는 말,
"고양이가 양고기를 먹어버렸고.
남은 돈 있거든 다시 사오시구려!"

그가 하인에게 저울과 고양이를 가져오라 시켰지.
고양이 무게를 달아보니 다섯 근이라.
"양고기가 다섯 근 조금 더 되었는데

이것이 고양이라면 양고기는 어디 있고
이것이 양고기라면 고양이는 어디 있느냐?
가서 고양이든지 양고기든지 찾아보아라."

그대에게 육이 있다면 영은 어디 있는가?
그대가 영이라면 육은 무엇인가?

이것은 우리가 붙잡고 씨름할 문제가 아닐세.
돌은 돌, 옥수수는 옥수수 알이자 옥수숫대라.
신성한 푸줏간 주인이 우리에게
허벅지살 한 조각 목살 한 조각 떼어준 것이라네.

보이는 것과 보이지 않는 것, 이 둘이 없으면
세상은 돌아가지 않으리니.

그대가 누군가의 머리에 흙가루를 뿌리면
그것으로 별일 있겠는가?

물을 뿌려도 역시 아무 일 없겠지. 그러나
물과 흙가루를 반죽하여 흙덩이로 만들면
그러면, 결혼한 흙과 물이 입을 벌려
그 뒤로 다른 결혼을 토해내겠지.

밀랍

당신을 바라볼 때 나는 눈을 감고
아무도 보지 않는다
당신의 봉인을 위해 나는
온몸으로 밀랍이 된다. 이 몸에
불 밝혀지기를 기다린다
어떤 일에도 견해를 내세우지 않고
당신의 숨결을 위해
나는 피리가 된다

당신이 내 손안에 있었다. 그런데도
무엇인가 잡으려고 자꾸 손을 뻗었다
나는 당신 손안에 있었다. 그런데도
아는 것 없는 자들에게 자꾸 물었다

내 집에 살금살금 들어가려고
진탕 술에 취하거나 미쳐야 했다
울타리 넘어 우리 밭에 채소를 뽑으려고

돈을 훔쳐야 했다
그러나 이제는 그만! 내
은밀한 자아를 찌르고 비틀어대는
눈먼 주먹질에서 이제는 졸업이다
우주와 거기 가득한 별빛이 내 몸을 관통한다
잔치집 대문 위로 떠오르는
나는 초승달

냄비 속의 병아리콩

요리사가 국자로 콩을 누르며 말했다

"뛰쳐나오려 하지 말아라
내가 너를 괴롭히는 줄 알겠지만 사실은
지금 너에게 맛을 들이고 있는 중이다
바야흐로 너는 양념에 버무려져 쌀밥과 함께
인간의 고귀한 생명으로 되는 것이다
네가 밭에서 빗물을 받아 마실 때
이렇게 되기 위해서였음을 기억하여라."

먼저는 은총이다. 성감性感의 쾌락이 있고
그 뒤에 끓어오르는 새 생명이 시작되어
뭔가 근사한 음식이 장만되는 것이다

그런 줄을 안다면
병아리콩이 요리사에게 말하겠지

"나를 좀 더 볶아주세요.
주걱으로 때려도 주세요.
중이 제 머리 못 깎는 법이랍니다.
힌두의 언덕으로 돌아가는 꿈을 꾸면서
몰잇군에게는 눈길도 주지 않는 코끼리 같은
나에게, 당신은 요리사요 몰잇군이요 길이올시다.
당신의 요리 솜씨를 사랑합니다."

요리사가 대꾸한다

"나도 한때, 밭에서 갓 태어난 너와 같았다.
그런데 시간에 볶이고 육신에 볶이고
이 두 냄비 속에서 들볶여
그리하여, 영혼에 힘이 붙게 되었고
그것을 수행으로 잘 조절하면서
좀 더 볶이고 다시 또 볶여
마침내 오늘 너를 가르치게 되었구나."

갈대피리의 노래

들어라. 헤어짐에 관하여 들려주는
갈대의 이야기를

"갈대밭에서 잘린 뒤로, 나는 이렇게
피리소리를 내게 되었다.

사랑하는 이한테서 떨어져 본 자는
내 말을 이해하리라.

뿌리에서 뽑힌 자는 누구나
돌아가기를 바라고 있다.

내가 참석하는 모임마다
친구들이 웃음과 슬픔을 나누며
떠들어대지만, 그러나 나의
음률에 숨은 비밀을 듣는 자
거의 없다. 들을 귀가 없는 것이다.

혼이 빠져나간 몸.

몸에서 빠져나온 혼, 이들의
뒤섞임을 누가 감추리. 그러나,

그것은 우리에게 영을
보여주려는 것이 아니다. 갈대피리는
바람이 아니다. 불이다.
허공이다."

포도주에 녹아 있는 얼떨떨함처럼
갈대의 음률에 얽혀 있는 사랑의 불꽃을,

그가 하는 말을 들어라. 갈대는 옷감이 찢겨
오라기로 되기를 바라는 모든 이들의
벗이다. 그것은 한데 버무려진
상처와 고약, 친밀함이자

친밀함에 대한 그리움, 불운의
굴복자요 애틋한 사랑

감각이 없는 자들만
이것을 은밀히 듣는다

혀에게 유일한 고객은 귀
사탕수수로 만든 피리가 저토록
근사한 소리를 내는 것은 갈대밭에서
설탕을 만들 수 있었기 때문이다

그가 내는 소리는 만인을 위한 것
소원으로 가득 찬 나날을
근심 없이 흐르게 하라. 그토록
순수하고 텅 빈 음률에 머물라

은총의 드넓은 바다를 그리워하며 그 바다를

헤엄치고 있는 신비가들, 그

물고기들을 제외하고 모든
목마른 이들이 흡족하게 목을 축인다

그 안에 있으면서, 자양분을
받아먹지 않고 하루를 보내는 자 없다

그러나 만일 누구 있어
갈대피리의 노래 따위 더 듣고 싶지 않으면

괜한 수작 집어치우고, 안녕!
일찌감치 자리를 뜨는 게 상책이렷다

사랑, 그리고 신을 향한 황홀한 비행

루미는 인류 문명에 깊은 영향을 준 천재 시인이며 이슬람의 대표적인 신비주의 단체인 메블레비 수도회(터키 코냐 소재, 지금도 수도자들의 회전춤을 보기 위해 순례자들의 발길이 끊이지 않는 곳이다)의 창시자이다. 그는 카비르나 라마 크리슈나에 앞서서 종교적인 신념과 철학적인 이해를 넘어 인간에 대한 절대적인 신의 사랑을 노래한 시인이었다.

1207년 아프가니스탄 발흐의 학식 있는 집안에서 태어난 루미는 가족들과 함께 몽골의 침략을 피해 이슬람권 국가들을 폭넓게 여행하고 메카를 순례했으며, 당시 셀주크 제국의 영토였던 아나톨리아의 코냐에 정착했다. 그곳에서 루미의 아버지는 단숨에 종교적으로 학식이 높은 사람이자 수피교도로서 명성을 얻었다.

그러한 아버지의 영향을 받은 루미는 규범에 맞는 법학이론과 해석, 전통과 이론 등 당시 마드라사 학문의 주된 내용을 섭렵하는 등 높은 학식을 갖춘 사람으로서 각계각층의 사람들이 그를 경외심을 갖고 대했고, 수천 명이 넘는 이들이 그의 강의를 들으려고 했다.

그러나 1244년 방랑하던 수피교도 샴스엣딘과의 만남 이후, 냉철한 학자였던 루미는 희열에 넘치는 시인으로 변모한다.

평소와 다름없이 강의를 끝내고 나귀를 타고 집에 돌아가던 어느 날, 누군가 갑자기 루미의 고삐를 잡아챘다. 누더기를 걸치고 머리와 수염은 엉킨 채 너저분한 행색의 낯선 이는 루미에게 몇 가지 원론적인 질문을 던지고는 그의 대답을 진지하게 들었다. 루미는 나귀에서 내려 연장자인 그를 태워 자신의 집으로 데려갔고, 그 후 몇 주 동안 강의에도 나가지 않고 그와의 철학적인 토론에 푹 빠졌다. 그렇게 만난 샴스와의 관계는 이후 1~2년 동안 한시도 떨어지지 않고 지내게 되었다. 이 두 거장간의 정신적인 우정은 수피즘의 역사를 볼 때 흔치 않은 일이었고, 두 사람의 이야기는 주변 세계에 널리 알려지게 된다. 그들이 만난 지 3년쯤 되자 샴스엣딘은 돌연 모습을 감추었는데, 그들의 관계를 시기한 가족과 제자들이 공모하여 샴스를 살해했다는 소문이 나돌았다. 샴스가 사라진 이후 2년 동안 그를 찾아 돌아다니던 루미는 문득 다음과 같은 깨달음을 얻는다.

나는 왜 그를 찾고 있는가? 내가 바로 그인 것을
그의 본질은 나를 통해서 말을 하고 있는 것을
내가 나를 찾고 있었구나!

이후 루미는 그동안 해왔던 대중들에 대한 강연을 멈추고 제자들을 가르치고 시 쓰는 일에 전념하였다.

루미의 중요한 작품으로는 3만6천여 구로 이로어진 『타브리즈의 샴스 전집』이 있으며, 이 작품에 그는 자신의 이름 대신 샴스의 이름을 사용하여 두 사람 사이에 존재했던 특별한 관계와 이 방대한 작품을 완성하는 데 샴스의 존재가 얼마나 큰 역할을 했는지를 증명하고 있다. 시구들의 대부분은 황홀경에 빠진 상태에서 쓰였으며, 페르시아 문학의 독특한 특성인 음악적이고 리드미컬한 점을 지니고 있다. 메블레비 수도회의 회전춤과 음악은 비길 데 없는 황홀경의 힘이 깃든 이 시구들에서 구체화된다. 그의 시는 의미가 형식을 대단히 강하게 지배해서 시구들이 전통적인 시형과 운율을 깨뜨리고 있는 경우가 많으며, 형식적인 체계에 새로운 생명을 불어넣어 새로운, 그러나 철저하게 전통적인 정교한 형식을 창조해내고 있다.

또한 제자 후사멧딘은 루미에게 수피교의 가르침을 쉽게 접근하고 기억할 수 있는 형식의 작품을 쓰기를 제안하였고, 그리하여 페르시아어로 된 꾸란이라 불리며 수피즘의 대표작으로 손꼽히는 『마스나비』가 탄생하게 되었다. 이 작품에서는 꾸란이나 민간설화, 우스갯소리, 황홀경의 경험 등에서 나온 일화들이 다양하게 펼쳐지고 있으며, 그 이외의 강연과 편지들을 모은 책이 루미의 작품으로 몇 권 더 전해진다.

루미라는 존재에게서 뿜어져 나오는 기품을 지닌 그의 시들은 오늘날에도 여전히 살아 숨 쉬고 있다. 그의 말은 젊음이 넘치는 동시에 오래되었고, 오래된 동시에 젊음이 넘치는 세계에서 나오는 것이다.

1273년 12월 17일, 세계적인 천재이자 인간애를 충실히 실천했던 사람, 페르시아 언어를 사용한 가장 위대한 신비주의 시인 루미의 육체는 코냐에 묻혔다. 역사상 처음이자 마지막으로 이슬람교도들과 유대교도들과 기독교도들이 그의 시신을 무덤에 안치하려고 싸

움을 벌였고, 다섯 종교의 종교인들이 그의 관을 따랐다. 오늘날까지 남아 있는 그의 무덤은 이슬람 세계를 순례할 때 가장 중요한 곳이며, 수피교도들에게는 성지이고 터키의 정신적인 중심지이다.

유네스코에서는 이런 루미의 탄생 800주년을 기리며 2007년을 '세계 루미의 해'로 선포하기도 했다.

루미시초_내가 당신이라고 말하라

지은이 / 마울라나 젤랄렛딘 루미
옮긴이 / 이현주
펴낸이 / 조유현
편　집 / 이부섭
표지디자인 / 김진혜
디자인 / 박민희
펴낸곳 / 늘봄

등록번호 / 제300-1996-106호　1996년 8월 8일
주소 / 서울시 종로구 김상옥로 66, 3층
전화 / 02)743-7784
팩스 / 02)743-7078

초판발행 / 2014년 9월 1일
초판 3 쇄 / 2022년 7월 30일

ISBN 978-89-6555-032-7 03890

※ 값은 표지에 있습니다.